錢欣葆——著

誠實守信

The Fable Of Pupils

小學生寓言故事

前言

六至十歲的兒童是閱讀的關鍵期，適合的閱讀有助於增長知識，拓寬視野，豐富想像力，並且提高判斷是非的能力。在這個階段培養孩子良好的閱讀興趣和閱讀習慣非常重要，讓孩子學會閱讀、喜愛閱讀，受益終身。

錢欣葆先生是當代著名寓言家，寓言構思巧妙、幽默有趣、耐人尋味。文章短小精悍，語言凝練，可讀可誦。生動有趣的故事中閃爍著智慧的光芒，蘊含著做人的道理。每篇寓言故事讓孩子感受不一樣的體驗、不一樣的樂趣，有不一樣的收穫。

《小學生寓言故事》有：誠實守信、勇敢機智、獨立思考、品德禮貌、謙虛好學、合作分享、溫馨親情、自立自強八冊。每篇寓言後面都有「故事啟示」，點明寓意，讓孩子更好地理解寓言中蘊含的深刻哲理。

這套寓言故事書，可用於家長和孩子的親子閱讀，有閱讀能力的孩子也可以獨自閱讀。美妙的文章中蘊含著人生大道理和大智慧，在輕鬆愉快的閱讀中，可以得到教育和啟迪，學到一些生活的智慧和做人的道理。

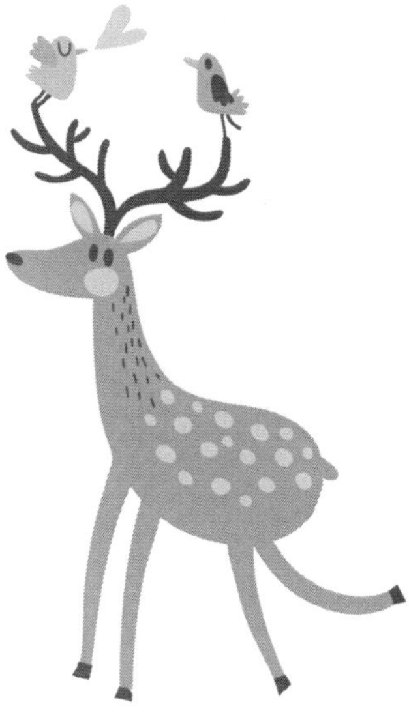

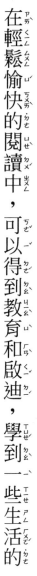

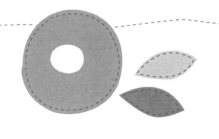

目次

Contents

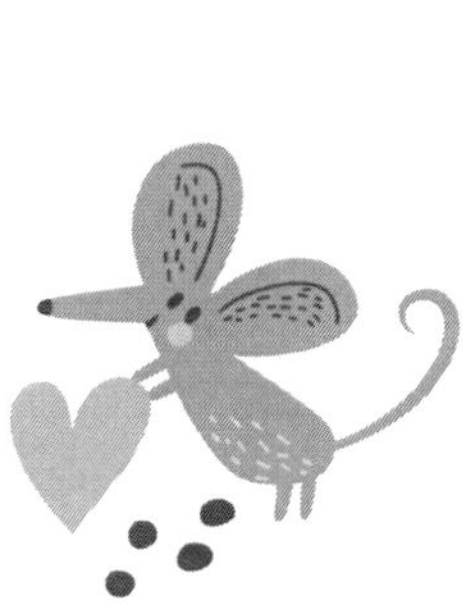

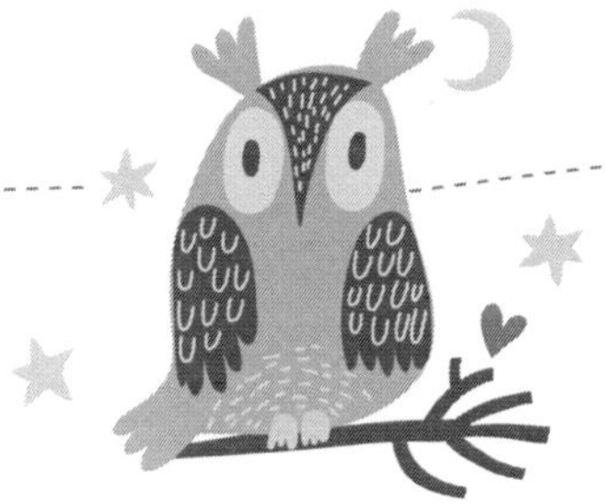

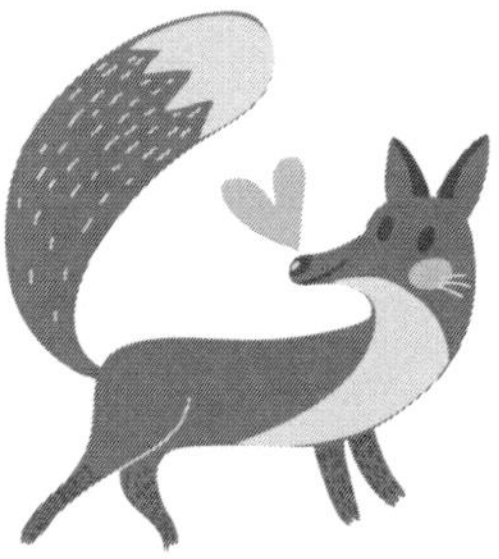

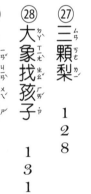

誠實守信

誠實守信是做人的根本，不遵守諾言就會失去信譽，失去朋友。金錢損失了以後還能挽回，一旦失去信譽就很難挽回。只有誠實守信才能活得輕鬆快樂，受人尊敬。誠實不僅是一個人的美德，也是一筆無形的寶貴財富。

① 鯨魚和海鷗

鯨魚在波濤翻滾的大海中一邊游，一邊連連嘆息。在天空中飛翔的海鷗聽到鯨魚的嘆息聲，關心地問：「你嘆息是身體不舒服，還是找不到食物？」

鯨魚說：「我身體很好，肚子也吃得飽飽的。但是為生存擔憂啊！」

海鷗躲到鯨的背上，說：「在大海中，你的個子最大。就是蠻

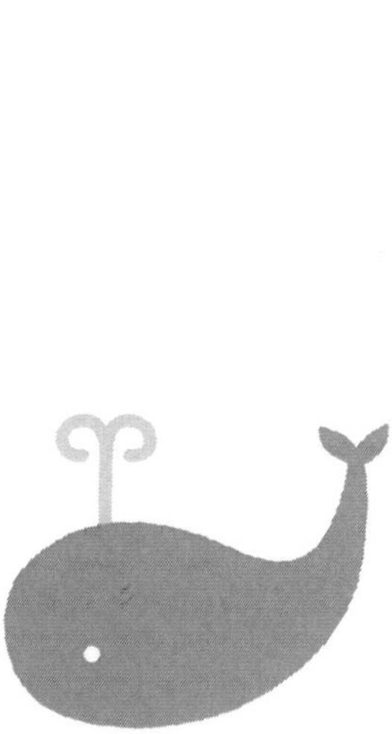

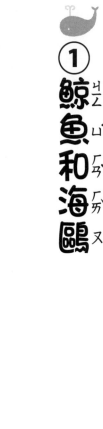

不講理的鯊魚，在你面前也不敢輕舉妄動，還有誰敢欺侮你呢？」

鯨魚說：「我就怕那些貪婪而又狡猾的捕鯨人，他們駕駛的捕鯨船神出鬼沒，我在海中防不勝防。昨天，我的好朋友就被他們捕捉殺害了啊！」

海鷗對鯨魚說：「我在天空飛翔看得很遠，只要發現捕鯨船就會及時通知你，讓你躲藏到安全的地方去。從今天起我每天為你站崗放哨，你就放心吧！」

鯨魚擔心地說：「你也有自己的事情，不可能每天都與我在一起啊！」

海鷗指著前面的小島，對鯨魚說：「我晚上在小島上休息，白天就與你在一起，我說話算數。」

從此，海鷗每天在鯨魚上空飛翔，發現捕鯨船就大聲叫喊。鯨魚聽到，就迅速潛入深海，安然脫險。

一天，鯨魚想和躲在自己頭上的海鷗開個玩笑。突然「嘩」一下從孔中噴射出一股水柱，把海鷗嚇了一跳。海鷗怪鯨魚捉弄自己，生氣地飛走了。海鷗飛走後，鯨魚很後悔。沒有海鷗為自己放哨，感到很不安全，整天提心吊膽。

第二天，鯨魚看到海鷗依然在空中為自己放哨，格外高興。他對海鷗說：「昨天我很對不起你，請原諒。我原來擔心你不會再來給我放哨了呢！」

海鷗說：「我說每天都要為你站崗放哨，說到就要做到。不能因為一點小事，就不信守承諾啊！」

故事啟示

說話要算數，要信守諾言，對自己所說的話負責。不能因為一點小事就半途而廢，違背諾言。要做到「言必信，行必果，諾必誠」。

②鷺鷥和獅子

碧清碧清的池塘邊，一隻高腳長頸的鷺鷥在那裡捕魚。突然，樹叢中躍出一隻獅子，把鷺鷥抓住了。

獅子微笑著對鷺鷥說：「你不要驚慌，不會傷害你的，我是希望能得到你的幫助。」

鷺鷥說：「你要我做什麼？」

獅子說：「我在吃東西時不小心，一根骨頭卡在了喉嚨裡，吐

又吐不出，嚥又嚥不下，疼痛難忍。你的頸脖子很長，可伸進我的喉嚨把骨頭叼出來，事成之後我會獎賞你的。」

鷺鷥對獅子說：「我不要什麼獎賞，但你要保證不會傷害我。」

獅子拍著胸脯，說：「放心好了，我是絕對不會傷害你的，快給我把骨頭叼出來吧，難受死了。」

鷺鷥叫獅子把嘴張開，用頭伸進他的血盆大口，費了很大的勁才把一根兩頭尖尖的骨頭叼了出來。鷺鷥轉身想走，被獅子一把抓住了。

獅子冷笑一聲，說：「你別急著走哇，我已經兩天沒有好好吃東西了，現在正餓著呢！」

鷺鷥對獅子說：「你不是才答應不傷害我的嗎？可不能講話不算數啊！」

獅子狡辯道：「我本來不想吃你的，但你剛才取出骨頭時故意弄得我很疼，所以要吃掉你！」

獅子又張開血盆大口，要吃鷺鷥。

鷺鷥靈機一動，指著獅子的喉嚨，說：「你看，被骨頭刺傷的地方正在流血呢，不上止血藥會有危險的。」

獅子半信半疑，對鷺鷥說：「真的在流血嗎？那你給我好好檢查一下。」

鷺鷥趁檢查之機，把那根剛才取出的骨頭又放回了獅子的喉嚨，對獅子說：「你的嘴暫時不能閉起來喔，我馬上就幫你取止血藥來。」

獅子還沒有反應過來，鷺鷥早已飛快地走了。獅子張著嘴在那裡傻等了半天，不見鷺鷥回來，知道情況不對。他閉上嘴巴嚥了一口唾沫，喉嚨中的骨頭刺得他哇哇直叫。他這才知道中了鷺鷥的計，可這能怪誰呢！

故事啟示

有些人需要別人幫助的時候常常裝出誠實可信的樣子，他們往往讓一些警惕性不高的人上當受騙。誠實善良的人們一定要提高警惕，不要輕信心懷叵測者的花言巧語。

③黑熊的名譽

黑熊和猴子經過小木橋時，見橋上的木板上有一個洞，說：「橋上有洞真危險，不小心踩下去會摔傷腳的。有空時我找一塊木板，把這爛木板換下來！」

黑熊和梅花鹿走在村邊的小路上，見小路高低不平，上面還有不少翹起的小石塊，說：「道路高低不平，還有翹起的小石塊，不小心會被絆倒的。有空時我一定用鏟子把道路整平。」

黑熊看到村邊的小花園裡有雜草，說有空時一定要把雜草全拔掉；看見河邊堤岸上小樹被風吹得傾斜了，說要用木棍把小樹綁直……

夥伴們聽了黑熊的話，都誇他一心想著大家，樂於做好事。可是，過了些日子，夥伴們都說黑熊喜歡說大話、不誠實。

黑熊聽見了評論他的話，十分難受。他委屈地對猴子說：「原來大家對我評價很好，最近卻都說我說大話、不誠實。我要追查，看是誰破壞我的名譽？」

猴子對黑熊說：「你到處說要幫忙大家，可是到現在為止一件事也沒有做。大家批評你是很正常的事情啊！」

黑熊怒氣沖沖地說：「修橋、做路、拔草等我都會做，不用花多大力氣就能夠做好。我哪裡是說大話呢？」

猴子沒有和誰說什麼，獨自找來工具，起早摸黑悄悄地把橋修好了，把路整平了，又把雜草拔乾淨了。

大家都誇猴子為大家做了好事，是大家學習的榜樣。黑熊聽了，心裡很不是滋味。

故事啟示

許諾是一種責任和負擔，一旦向別人許諾了，就要算數，及時辦好。誠信就是實現你的許諾，智慧則是不隨便許諾。誠實守信的人才能得到大家的賞識。

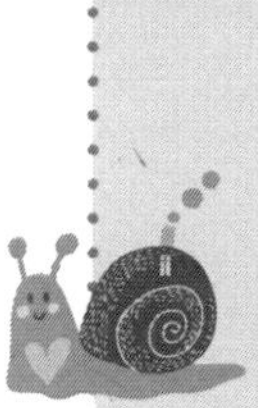

④兄弟經商

從前，有一個老漢在鎮上經營著一家米店和一家酒店。兩家店雖然都不大，但是生意很好。

一天，老漢把兩個兒子叫到面前，說：「你們的母親已經患病很久了，經過治療病情卻沒有好轉。我決定和她乘船外出求醫，需要不少日子才能回來。我出門期間，老大管理好米店，老二管理好酒店。生意人頭腦要靈活，千萬不能出什麼差錯。」

老大聽了父親的話，說：「我一定會精心經營好米店，做好生意。」

老二對父親說：「我一定想辦法把酒店經營好，多賣酒，多賺錢！」

時間過得真快，不覺一個月過去了。這天傍晚，老大、老二知道父親和母親已經回家了，一起去看望。母親的病情大有好轉，一家人都十分高興。

老漢問老大和老二：「這一個月米店和酒店生意如何，賺了多少錢？」

老大說：「米店倉庫的屋頂大暴雨時漏水，雖然及時得到處理，仍然有不少大米被雨水淋溼了。這些大米曬乾後看上去和沒有淋過雨的差不多，但是煮粥燒飯後吃起來口味不好。我在賣米時向大家說明這是被雨淋過的米，低價賣出。所以，這個月沒有賺錢，還賠了些錢。」

老二得意地對父親說：「來酒店買酒的人很多，有時供不應求。我就讓夥計在酒桶中放了些水，這樣可以多賣一些錢。這個月我賺了不少錢。」

老漢聽了兩個兒子的話，說：「老大雖然賠了錢，不過我還是感到很高興！老二雖然賺了不少錢，我卻覺得很傷心啊！」

老二疑惑不解地問父親：「你不是說生意人頭腦要靈活嗎？我賺了錢，你怎麼反倒傷心呢？」

老漢說：「你哥賠了錢，卻贏得了信譽。你賺了錢，卻失去了比金錢更加寶貴的信譽啊！」

故事啟示

金錢損失了以後還能挽回，一旦失去信譽就很難挽回了。做生意要講信譽，做其他事情也要誠實守信。誠實不僅是一個人的美德，也是一筆無形的寶貴財富。

5 最後的心願

烏龜奶奶已經一百多歲了，子女都十分孝順，她的晚年生活過得很幸福。烏龜奶奶畢竟年齡大了，近來身體不適，臥床不起。

烏龜奶奶對前來看望她的兒子、女兒和孫子、孫女說：「我這一生生活雖然艱辛，但是沒有做過任何對不起別人的事，我問心無愧。在離開這個世界之前，只有一個心願沒有實現，就是我當年向白貓借的三條魚乾至今沒有還給他。我失信了，想起這事我心中就

很不安。」

烏龜奶奶的兒子安慰道：「這是因為白貓家在一次大水災後搬走了，找不到他的新家，所以才沒有還他，這不能怪你不守信用啊！」

烏龜奶奶的女兒也說：「不就是三條魚乾嘛，時間已經過去了一百多年，白貓恐怕早就不在世界上了，你何必常常為了這一點小事而悶悶不樂呢？」

烏龜奶奶含著眼淚，說：「一百多年前我得了一場大病，沒有力氣外出尋找食物。白貓家也很貧窮，但是他還是把僅有的三條魚乾借給了我，讓我捱過了一生中最艱難的日子。我欠白貓的是三條魚乾，給自己留下的卻是失去誠信的無窮遺憾啊！」

烏龜奶奶的兒子、女兒和孫子、孫女為了了卻她最後的心願，四處奔波，打聽尋訪白貓家的下落。一天，烏龜奶奶的孫子在尋訪中和一隻白貓聊天，這隻白貓說，他聽爺爺說過，當年曾經借三條魚乾給一隻生病烏龜的事，後來突然遇到水災，全家就流浪到了外地。

烏龜奶奶聽孫子說找到了當年借三條魚乾的白貓後代，十分高興。子女們都說會代她去還清這筆欠了一百年的賬，她卻一定要自己去。烏龜奶奶在子女的攙扶下，拖著虛弱的身體長途跋涉來到白貓家，向白貓孫子還清了百年老賬，並表示了感激和歉意。

白貓的孫子看著烏龜奶奶，感動地說：「您為三條魚乾的事記掛了一百多年，誠信之心讓我們感動，是我們學習的榜樣！」

烏龜奶奶回家不久就死了，她的面容顯得十分安詳和滿足。

故事啟示

誠實守信是做人的根本，不遵守諾言就會失去信譽，失去朋友。一個誠實守信的人，一定會有許多知心朋友，因為他以誠待人，別人也會以誠相待。

6 狗熊借種子

狗熊喜歡吃玉米，把家中的玉米種子也煮熟吃了。狗熊見大家都在播種玉米了，自己卻連一粒玉米種子也沒有，急得像熱鍋上的螞蟻一般團團轉。

狗熊沒有錢買玉米種子，只好拿著空袋子去鄰居家借。狗熊去了猩猩家，猩猩說留的玉米種子剛夠自己播種用，沒有多餘的借

他。狗熊又去了別的鄰居家，他們也都說玉米種子剛夠自己播種用，沒有多餘的借他。

狗熊遇見了金絲猴，嘆了一口氣，埋怨地說：「鄰居們都說沒有多餘的玉米種子，實際上是藉故推託，不肯借我。如今世道變了，人情淡漠，不再相互關心、相互幫助了。」

金絲猴對狗熊說：「你應該好好想一想，大家為什麼不願意把玉米種子借給你呢？」

狗熊氣呼呼地說：「他們都是小氣鬼，怕我收穫後不還他們吧。」

金絲猴說：「你不要埋怨鄰居，要怪就怪你自己。這幾年，你老是把玉米種子吃掉，播種的時候就四處借玉米種子。你向所有的鄰居都借過玉米種子，借的時候都說待收穫後就還人家，那你還過了沒有呢？你三年前向我借的玉米種子也沒有還呢！」

狗熊說：「等到以後有了餘糧，我一定會還的。」

金絲猴說：「俗話說：『有借有還，再借不難。』你只借不還，誰還願意借給你呢？」

故事啟示

有的人常常找種種藉口，不還別人東西還「理直氣壯」。要做誠實守信的人，只有誠實守信才能活得輕鬆快樂，才能受人尊敬。

⑦伯樂和「世界名馬」

白馬和黑馬是鄰居，他們住在碧藍清澈的池塘邊。

一天，白馬和黑馬在池塘邊一邊散步一邊聊天，玩得很開心。

伯樂正好在這裡經過，他看到兩匹馬，自言自語地說：「白馬品貌風骨上乘，是一匹上好的千里馬，黑馬雖然也不錯，但還算不上是千里馬。」

黑馬聽了伯樂的話，十分氣憤地說：「你一定看錯了，我才是千里馬，白馬卻不是千里馬。」

伯樂又細細想了一會，說：「我沒有說錯，你的條件的確不是千里馬。不過你不要悲觀，只要平時多努力，也會有所作為的。」

黑馬急忙從家裡拿出一本厚厚的書，對伯樂說：「我的名字已被列入這本《世界名馬大全》中，白馬的名字卻沒有列進去，不信你可以翻開來查一下。」

伯樂看了一眼那本裝幀精美的《世界名馬大全》，微微搖著頭，對黑馬說：「我從來不信這個，沒有興趣看它。你要是不服氣，就和白馬繞著這個池塘跑上幾圈，比試比試。」

白馬和黑馬同時出發，繞著池塘飛奔。白馬像一道閃電，一會就跑了十圈，黑馬剛跑了五圈就直喘粗氣，停了下來。

伯樂對黑馬說：「現在你服氣了吧？」

黑馬不服氣地說：「不管怎麼講，我總是列入《世界名馬大全》的世界名馬，白馬卻不是。」

伯樂看著黑馬，深深嘆了一口氣。

故事啟示

一個人的虛榮心往往和他的愚蠢程度成正比。試圖用謊言掩蓋事實是徒勞無功的，因為謊言總有被戳穿的一天。誠實是衡量人品行的一把尺，這把尺適合所有的人。

⑧老廚師辭職

有一位老廚師烹飪的菜色、香、味都格外好，顧客吃了回味無窮，讚不絕口。老廚師所在的「樂樂」飯店顧客盈門，生意興隆，老闆喜笑顏開。

街道對面的「旺旺」飯店顧客很少，生意清淡，老闆愁眉苦臉。老闆想：「自己的飯店條件不比『樂樂』飯店差，關鍵是缺乏好的廚師。」老闆通過人脈關係，費了九牛二虎之力，終於把「樂

樂」飯店的老廚師挖了過來。老闆整天笑嘻嘻，心想：「有了這樣有名的老廚師，飯店一定會興旺發達起來的！」

誰知，這家店顧客還是三三兩兩，老闆生氣地對老廚師說：「你在對面飯店裡十分賣力，烹飪的菜餚顧客特別喜歡；到了我這裡你卻沒有把菜餚精心烹飪好，顧客都說不好吃。是不是我給你的薪水你覺得不滿意，故意和我搗亂？」

老廚師說：「你給的薪水比對面飯店老闆給的多，我很滿意。我一直盡心盡力地精心烹飪好每一道菜餚，沒有故意和你過不去啊！」

老闆說：「那為什麼你在對面飯店時，顧客都稱讚你烹飪的菜餚可口好吃，到了我這裡，顧客卻都說你烹飪的菜餚難以下咽呢？」

老廚師指著老闆剛買回來的菜，說：「你怕別人去市場買菜和你結算時以少報多，都是親自去購買。你貪圖便宜，買回的魚、肉和蔬菜都不新鮮，有的甚至變質了。好的廚師要有好的原料才能烹飪出美味佳餚，你購買的這些便宜貨，本領再大的廚師也很難烹飪出顧客喜愛的菜餚啊！」

老闆說：「我在市場上買便宜點的蔬菜和魚、肉，是想節約成本，多賺利潤，好給大家多發獎金啊！」

老廚師大聲對老闆說：「我決定辭職，你另請高明吧！」

故事啟示

要想取得成功，先要誠實做人。為了眼前利益而昧著良心做事，必將會失去信用，自食苦果。信譽的建立很難，需要一點一滴長時間積累，可是毀壞卻十分容易。

9 斷尾巴猴王

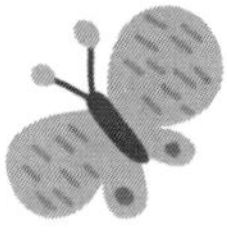

大森林中有一隻猴子好吃懶做，一次在偷盜桃子時，尾巴被打斷了。斷了一截尾巴的猴子，盼望老猴王早日退位，自己才可當猴王。後來，老猴王終於退位了，但在眾多競爭者的激烈纏鬥中，斷尾巴猴子被打得落花流水。斷尾巴猴子眼睜睜地看著猴王的位子被一隻身強力壯的猴子奪去，十分傷心，獨自向森林深處走去。

離群的猴子感到十分孤獨，心情很苦悶。一天，他經過一個從來沒有去過的山坡時，看見一大群猴子聚在大樹下以演講選猴王。斷尾巴猴子想：「一般的猴群都是依靠實力競爭而贏得領袖寶座，沒有想到這裡是通過演講決定誰當猴王的。」他想：「如果憑實力，肯定不能獲勝；要說靠嘴皮子功夫，那誰也比不過我。」

待幾名參與競選的猴子演講結束，斷尾巴猴子急忙跳上競選臺，大聲說：「我是一隻過路的猴子，也想參與競選猴王的比賽，相信大家一定不會嫌棄我是外鄉來的吧？」

一隻德高望重的老猴子打量了一下斷尾巴猴子，說：「只要真正具備猴王的條件，誰都可以當猴王，你就開始演講吧！」

斷尾巴猴子晃動了一下斷掉一截的尾巴，翻動著他的三寸不爛之舌，說：「我原來就是一個猴群的猴王，一天，一群餓狼包圍了我們，為了保護大家，我衝鋒在前，和餓狼展開了血戰。在短兵相接的肉搏戰中，我的尾巴被狼一口咬斷了。後來，我的王位被一位陰謀家奪去了，他還要迫害我，我好不容易逃了出來。如果我當上猴王，一定全心全意為大家服務，絕不作威作福。」

大家聽了斷尾巴猴子的演講，十分欽佩，認為他很勇敢，能為大家辦事，就讓他當上了猴王。斷尾巴猴王想：「我今天終於圓了猴王夢，從此可以什麼也不用做，過上茶來伸手、飯來張口的好日子啦！」

因此，他沒有當幾天猴王，就被大家罷免了。

斷尾巴猴子一邊脫去身上的王袍，一邊氣惱地說：「其他地方當猴王都是有很多好處的，只有在這鬼地方當猴王又累又沒有權，簡直活受罪！傻瓜才當這樣的猴王！」

故事啟示

有些人為了達到自己目的，向別人許下很多諾言，講得天花亂墜。一旦自己目的達到，就把當初的諾言不當一回事。失足，你可以馬上爬起來；失信，你也許永難挽回。

⑩ 天鵝成名後

天鵝被子彈打傷，躺在湖邊的蘆葦叢中痛苦地呻吟。野鴨見天鵝傷重不能尋找食物，就抓些小魚小蝦給天鵝充饑。天鵝一直躺著難免感到寂寞，野鴨就陪伴在他身邊，和他聊天。

天鵝對野鴨十分感激，說：「我永遠不會忘記你的恩情，我們永遠是朋友。」

在野鴨的精心照顧下，天鵝的傷終於好了。後來，天鵝在一次

選美比賽中獲得了冠軍。天鵝一夕成名，從此擁有了富裕的生活，朋友越來越多。

一天，天鵝正在家中設宴，宴請他的朋友們。大家正你一言我一語誇獎天鵝的美麗，野鴨帶著小魚小蝦走了進來。

天鵝的一位朋友看了一眼野鴨，說：「灰不溜丟的醜傢伙，你來這裡幹什麼？」

野鴨指著天鵝，說：「我來看望天鵝老朋友啊！」

天鵝的朋友們聽了野鴨的話，都說他在胡言亂語，最美麗的天鵝怎麼會有這麼一個十分醜陋的朋友呢？天鵝想：「現在自己已經出名了，如果我說野鴨是我的救命恩人，豈不讓朋友們笑話嗎？」於是，天鵝冷冷地對野鴨說：「我根本就不認識你，趕快走吧！」

野鴨對天鵝說：「你中彈受傷後躺在蘆葦叢中，我抓小魚小蝦給你吃，當時你還說我們永遠是朋友。現在怎麼說不認識呢？」

天鵝說：「我不知道你在說什麼，我真的不認識你。不過，如果你希望得到我的簽名，那我可以滿足你的要求。」

野鴨說：「好啊，你簽了名，我就走。不過在你的簽名下面，必須加上四個字。」

天鵝在一張紙上龍飛鳳舞地簽了他的名字，抬頭問野鴨：「還要加上哪四個字？」

野鴨對天鵝說：「你的外表確實很美，不過你的心靈卻很汙濁。就在你的名字下面加上『忘恩負義』四個字吧！」

天鵝一愣，筆掉在了地上，半天說不出話來。

故事啟示

對於友誼唯一的考驗，是長久不變的真誠。有些人得到了名利，但是失去了誠實，變得虛偽而又無情，十分可悲！名氣再大，錢再多，失去了誠實就不可能有內心世界的寧靜和幸福！

⑪ 畫家夫人賣畫

有位畫家專攻水墨畫，擅長畫蟹。他的作品具有齊白石大師水墨畫的風韻，很受歡迎。別的畫家出售作品以畫的尺寸大小計算，他的畫作價格卻以畫上蟹的數量計算，一隻蟹十萬元。畫家作畫十分認真，自己不滿意的畫都通通丟掉，賣出去的都是精品力作。畫家的作品雖然價格不菲，但是求購者絡繹不絕，供不應求。

一天，畫家和朋友外出旅行去了，家裡又來了一個購畫的人。畫家夫人告訴他，家中的畫已經銷售一空，早就沒有了。買畫人說自己遠道前來很不容易，希望畫家夫人好好找一下，希望能夠滿足要求。

畫家夫人見來人買畫心切，就答應去書房看看。她在書房中轉了一圈，見牆上、書桌上都沒有畫，見書桌旁的廢紙簍中有一個紙團就撿了起來。畫家夫人把紙團放在書桌上展開一看，紙上畫有五隻蟹。她把皺了的紙弄平，在上面蓋上了畫家的印章。買畫人見上面有五隻蟹，給了畫家夫人五十萬元錢就高高興興地回去了。

畫家回到家中，夫人把她賣畫的經過告訴了丈夫。

畫家懊惱地拍著大腿，說：「廢紙簍中的畫是我喝醉酒後隨意亂塗的，這樣的畫怎麼可以賣出去啊！」

畫家夫人也變臉生氣地說：「我把你丟掉的畫賣了五十萬元錢，為什麼不稱讚我的精明，卻還要怪我？」

畫家連連搖頭嘆息，說：「你做了一件糊塗事，後果很嚴重啊！」

不出畫家所料，沒有多久，就有多家報紙發表文章，批評他一味追求金錢，藝術品質下降，以次充好，不講信譽。文章的旁邊還配發了畫家夫人賣出去畫的照片。從此，畫家的作品買的人越來越少，價格一落千丈。

故事啟示

信用既是無形的力量，也是無形的財富。靠欺騙別人可能會獲得一點利益，但是失去的利益會更多，還會失去比金錢更加寶貴的誠信。

⑫ 自作聰明的狐狸

狐狸的孩子患了感冒，發熱不退，咳嗽不止。狐狸用自行車拉著孩子，準備去兒童醫院請醫生治療。兒童醫院開辦不久，狐狸不知道確實的地址。

山羊高高堆疊著草捆的大板車輪子不小心陷進了路邊的泥坑中，怎麼也拉不出來，他見狐狸騎著自行車經過，就大聲喊說：

「我獨自難以把車從泥坑中拉出來，請你幫助我推一下好嗎？」

狐狸停下車，看了看髒兮兮的大板車，說：「真對不起，我孩子感冒咳嗽，急著送他去看病呢！」

山羊著急地說：「推車只須一會兒工夫，不會耽誤孩子看病的，還是拜託你幫忙推一下吧。」

狐狸怕在推車時沾上一身泥，故意推託：「我的力氣小，推不動這麼重的車，你就等別人幫忙吧。」

狐狸一邊騎上自行車，一邊問山羊：「你知道兒童醫院在什麼方向嗎？」

山羊心中不快，說話有些生硬：「過了前面的大橋，就向右轉彎。」

狐狸騎著自行車過了大橋，向左轉彎。

狐狸的孩子說：「剛才山羊叫我們過了大橋後向右轉彎，你怎麼是向左轉彎呢，方向不是正好相反嗎？」

狐狸狡猾地笑了笑，得意地說：「這就是我的聰明之處，你要跟我學著點，不然就會上當受騙的。」

孩子疑惑不解地說：「難道山羊故意將兒童醫院的方向說反了？」

狐狸說：「對，剛才我沒有幫助他，他一定對我十分不滿。我又向他問路，他肯定故意把方向說反了，好讓我們走許多冤枉路，以發洩他的心頭之恨。我是聰明的狐狸，才不上他的當呢！」

狐狸一直騎了很久也沒有見到兒童醫院，只好回過頭來騎。他騎著騎著，終於見到了兒童醫院。狐狸這才明白，山羊並沒有騙自己。自己自以為聰明，結果白白走了許多冤枉路。

故事啟示

不講誠信的人，往往會歪曲別人的誠意。他們常常「以小人之心，度君子之腹」，把別人真心誠意的話從反面去理解，懷疑是居心可議的陰謀詭計。

⑬ 孔雀掉羽毛

早晨，美麗的孔雀在森林中的小溪邊梳理自己的羽毛，身上一根小羽毛晃晃悠悠掉落在地上。

麻雀看見孔雀的一根羽毛掉落在地上，心想：「如果孔雀的漂亮羽毛一根一根脫落，樣子恐怕還不如我好看呢！」

麻雀感到很興奮，急忙去告訴烏鴉：「告訴你一個新聞，孔雀可能得了怪病啦，身上的漂亮羽毛在一根一根脫落呢！」

烏鴉聽了麻雀的話，心想：「如果孔雀身上的羽毛脫落了一大片，樣子還不如我呢！」

烏鴉感到很興奮，急忙去告訴山雞：「告訴你一個大新聞，孔雀得了怪病啦，身上的漂亮羽毛掉得差不多啦！」

山雞聽了烏鴉的話，心想：「如果孔雀的漂亮羽毛全部脫落，那我山雞就是最漂亮的啦！」

山雞感到很興奮，急忙去告訴啄木鳥：「告訴你一個特大新聞，孔雀得了怪病啦，身上的漂亮羽毛全部掉光，凍死啦！」

啄木鳥說：「你看，孔雀不是正在小溪邊為大家做精彩的開屏表演嗎，你怎麼說他得怪病後羽毛掉光凍死了呢？」

山雞說他是聽烏鴉說的，烏鴉說他是聽麻雀說的。

啄木鳥責問麻雀：「你為什麼要散佈謠言，說孔雀凍死了呢？」

麻雀委屈地說：「我確實看見孔雀身上掉下來一根羽毛，我只說了孔雀身上的漂亮羽毛在一根一根脫落，沒有說他的羽毛全部脫光，更沒有說他凍死了啊！」

烏鴉說：「我聽麻雀說孔雀身上的漂亮羽毛在一根一根脫落，我想這樣下去不就掉得差不多了嘛！」

山雞說：「我聽烏鴉說孔雀羽毛掉得差不多了，我想，身上的羽毛掉光了，肯定就凍死了。」

啄木鳥說：「你們心胸狹窄，嫉妒孔雀的美麗，見他掉了一根羽毛就幸災樂禍，添油加醋散佈謠言。孔雀根本沒有得什麼怪病，我看你們的心態很不健康，倒是得了嚴重的『心病』啊！」

麻雀、烏鴉、山雞聽了啄木鳥的話，慚愧地低下了頭。

故事啟示

嫉妒別人的才能，詆毀別人的成就，恰恰暴露了自己的自私無能。有些人嫉妒心特別強，總是幸災樂禍，添油加醋地散佈謠言。我們要誠實做人，不聽信謠言，也不傳佈謠言。

⑭ 猩猩造新房

猩猩的老房子又小又破舊，住在裡面很不舒服，下雨天房子還會漏水。猩猩準備拆除老房子，重新建造一幢既漂亮又牢固的房子，舒舒服服地過日子。

猩猩把新房的設計圖紙畫好後皺起了眉頭想：「拆除老房子、建造新房子光靠我自己一個人怎麼行？」猩猩靈機一動，找到了猴

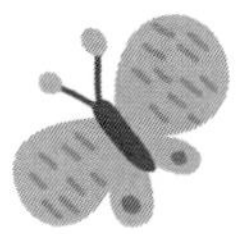

子、黑熊和大象，和他們交上了朋友。猩猩把自己要建造新房子的事告訴了他的朋友，朋友都說願意幫助他把新房子建起來。

在猴子、黑熊和大象的幫助下，猩猩的老房子被拆除了。經過許多天齊心協力艱苦勞動，一幢既漂亮又牢固的新房子造成了。猩猩住進了寬敞舒適的新房子，整天樂得合不攏嘴。

一天，猴子對猩猩說自己家的圍牆倒塌了，請他幫助一起把圍牆重新修好。

猩猩對猴子說：「真是不巧，這幾天我的手疼得厲害，不能幫你修圍牆。黑熊力氣大，你去找他幫忙吧！」

過了些日子，黑熊對猩猩說自己準備在房子旁邊搭建一間小房子，請他幫忙扛木料。

猩猩對黑熊說：「真是不巧，這幾天我的腰疼得厲害，不能幫你扛木料。大象的力氣大，他用鼻子運送木料很方便，你去找他幫忙吧！」

又過了些日子，大象對猩猩說自己家房子的頂部漏水，請他爬上去幫助修理一下。

猩猩對大象說：「真是不巧，這幾天我頭暈得厲害，不能登高為你修房頂。猴子很靈活，善於攀登，你去找他幫忙吧！」

一連下了幾天大雨，河水猛漲。猩猩見新房子旁的河岸不斷坍塌，急得像熱鍋上的螞蟻轉來轉去。

最後，他找到了猴子、黑熊和大象，著急地說：「我的新房危在旦夕，請各位老朋友趕快幫助運送石塊，加固河岸。」

猴子生氣地說：「你交朋友的目的就是利用朋友，我們才不和你交朋友呢！」

故事啟示

一個人對朋友的尊重、友善並不是靠嘴上說的，而是應該表現在實實在在的行動上。如果交朋友的目的只是利用朋友，那麼就不可能有真正的朋友。

⑮ 小灰兔的失信

早晨，小山羊和小灰兔一起做操。

小灰兔對小山羊說：「我們一塊兒到森林裡去採蘑菇，好嗎？」

小山羊高興地說：「好啊，快走吧！」

小灰兔說：「我回家拿籃子，你在家等我。」

小山羊在家裡等啊等啊，等了很久也不見小灰兔來。直到快吃

午飯了，小灰兔才來。

小灰兔對小山羊說：「剛才在路上遇見了小刺蝟，我們聊了一會兒，耽誤了一點時間，咱們吃了午飯再去吧。」說完就走了。

小山羊吃了午飯又在家裡等。等啊等啊，直到太陽快下山了，小灰兔才來。

小灰兔抱歉地對小山羊說：「剛才我順路去看望了小花狗，我們一起玩了一會兒，所以來晚了。時間不早了，我們明天再去採蘑菇吧。你等我，我一定來！」

「明天早晨還要不要等小灰兔呢？」小山羊心裡猶豫起來。

故事啟示

有些人事先與別人約好了見面的時間，卻從來不準時赴約。失約實際上就是不守信，經常不守信，別人自然而然會對你的誠信產生懷疑。

⑯ 蜂王的命令

黑熊聞到蜂蜜的香味，饞得口水直流。他偷偷摸摸來到蜜蜂的家門口，見裡面蜜蜂不多，就伸手偷蜂蜜吃。蜂王指揮蜜蜂用毒刺向黑熊發起攻擊，刺得他疼痛難忍，只好抱頭逃竄。

狐狸看到黑熊狼狽不堪的樣子，笑著對他說：「你不動腦子，光天化日之下去搶奪蜂蜜，被刺死也是活該！我過去只要講幾句話，他們就會恭恭敬敬地把蜂蜜拿給我吃，不信你在這裡看著。」

狐狸大搖大擺來到蜜蜂家門口，對看守大門的蜜蜂說：「告訴你們蜂王，我是食品品質檢查站的站長，顧客舉報你們釀造的蜂蜜不甜，品質不合格，要求查封你們。今天，我親自來調查核實。」

蜂王聽說狐狸是食品品質檢查站站長，不敢怠慢，親自熱情接待。給狐狸品嘗了最好的蜂蜜，還送給他一瓶蜂王漿。

狐狸對蜂王說：「今天你們生產的蜂蜜品質合格，但是不等於以後都合格，我還會來抽查的。」

狐狸見了黑熊，得意洋洋地說：「你看，我多麼聰明，又吃又拿，全憑三寸不爛之舌。」

以後，狐狸以抽查為名，三天兩頭去蜜蜂那裡白吃白拿，蜜蜂們都十分惱火，但只能忍氣吞聲。蜂王越來越懷疑狐狸，派蜜蜂去調查，才發現狐狸根本不是什麼食品品質檢查站站長，而是一個大騙子。

這一天，狐狸又藉口抽查食品品質來到蜜蜂那裡。

蜂王大聲對蜜蜂們說：「大家聽我的命令，用你們的刺好好『招待』這個無恥的大騙子！」

狐狸見一群蜜蜂向他圍上來，嚇得渾身發抖。

蜂王大聲對蜜蜂們說：「騙子渾身都可以扎，可千萬別扎他的臉啊！」

小蜜蜂疑惑不解，問蜂王：「為什麼不可以扎騙子的臉呢？」

蜂王說：「聽說騙子的臉皮都又厚又硬，我怕你們扎上去不小心把刺折斷了啊！」

故事啟示

無論你多麼強悍，無論你多麼狡猾，想靠搶奪和拐騙過日子，必然自食苦果。要享受美好生活，就得誠實做人，付出辛勤的勞動。

⑰ 愛吹牛的烏龜

池塘裡有一隻喜歡吹牛的烏龜，見誰就和誰吹牛。魚兒們都知道烏龜是吹牛大王，很討厭他。烏龜覺得很寂寞，來到了海邊的森林裡散散心。

烏龜見了松鼠，吹牛說：「我已經五百歲了，是湖泊中的龜王。」

松鼠聽說烏龜已經五百歲了，而且還是湖泊中的龜王，不由

得肅然起敬，盛情款待了烏龜。烏龜嘗到了吹牛的甜頭，就拚命地吹，越吹越大。

一天，烏龜見狗熊和許多動物在一起玩，走過去說：「別看海龜的個子大，沒有什麼了不起，我曾經在海灘上和五隻海龜搏鬥，把他們打得狼狽不堪。」

狗熊看了一眼烏龜，說：「你真的有那麼大本事？我看你是在吹牛吧！」

烏龜一本正經地說：「我從來不吹牛！打敗他們後我還『撲通』一聲跳入大海，又和他們在海底廝殺了半天，他們向我求饒後我才返回來的！」

狗熊想：「如果烏龜沒有親身經歷過，不可能講得這樣繪聲繪色。」狗熊對烏龜佩服得五體投地，給了他許多好吃的。

一天虎王乘船去海上遊玩，不小心一顆心愛的鑽石戒指掉入了海中。虎王聽狗熊說烏龜本領非凡，就把他叫到海邊，讓他下海去把鑽石戒指找回來。

烏龜看著波濤洶湧的大海，嚇得縮著腦袋，說：「我是生活在淡水中的烏龜，有鹹味的海水我是去不得的啊！」

狗熊對烏龜說：「你不是和我們說曾經和海龜在海底激戰半天嗎，怎麼今天又說海水有鹹味去不得了呢？」

烏龜哭喪著臉，說：「我不是五百歲，是五十歲；我不是湖泊中的龜王，是池塘裡喜歡吹牛的烏龜。在海底和海龜激戰半天也是我瞎吹的，你們別當真！」

虎王生氣地對烏龜說：「我虎王的話誰也不能違抗，今天你非得去海底把鑽石戒指給我找回來！」

虎王見烏龜不肯跳入海中，就命令狐狸大臣把烏龜扔入了大海。

故事啟示

吹牛者編造謊言的目的都是為了炫耀自己，但吹牛的結果常常是害了自己。吹牛是不誠實和虛偽的表現，這樣的人不會得到別人的信任，也很難獲得真正的成功。

⑱ 獵人捕貂

北極圈附近的村子裡有一個能幹的裁縫，他有漂亮賢慧的妻子和活潑可愛的兒子。裁縫家生活雖然不富裕，但一家人過得十分溫馨、快樂。

一天，裁縫對妻子說：「我整天忙碌為別人做衣服，可賺的錢只能勉強維持生活。我要改行當獵人，要儘快讓一家人過上富裕的日子！」

妻子說：「我不貪圖富貴享樂，一家人平平安安、快快樂樂就滿足了。還是當裁縫好，自食其力心裡踏實。」

丈夫聽不進妻子的勸告，揹起獵槍就打獵去了。獵人在冰天雪地裡尋找了半天，也沒有發現北極貂和北極狐。突然，一隻高大兇猛的北極熊咆哮著向獵人撲過去。獵人嚇得掉頭就逃，連滾帶爬跑了很久才擺脫了北極熊的追趕。獵人受了驚嚇，又一路狂奔，精疲力盡，一頭倒在雪地上暈了過去。

已是傍晚，北極貂在洞口發現了躺在地上的獵人，迅速走過去用溫暖的身體貼在獵人臉上，好讓他儘快醒來。北極貂的舉動並非偶然，用自己的體溫去溫暖快要被凍死的動物，是北極貂祖祖輩輩傳下來的善良仁慈天性。獵人感覺臉上有微微的溫暖，慢慢醒來。當他發現北極貂就在身邊時，喜出望外。他一把抓住北極貂，將牠打死了。

獵人自從意外捕獲北極貂後，掌握了牠喜歡救助快要被凍死動物的特性。以後，他經常躺在雪地上假裝快要被凍死的樣子，引誘北極貂走到自己身邊，然後輕而易舉地將牠擒獲。

沒有多久獵人就造了新房子，過上了富裕的生活。可是，獵人並不快樂，整天心神不安，睡覺時常常突然驚醒。在妻子的再三追問下，獵人才將自己一直隱藏在心中的祕密告訴了妻子。

妻子說：「你利用動物善良的天性去捕殺牠們，殘酷不仁。別人知道了會怎麼瞧你，自己的內心又怎麼能夠安寧呢？」

在妻子的耐心勸導下，獵人終於又改行當了裁縫，生活過得平靜而安寧。然而，這種貪婪殘酷捕殺北極貂的方法代代相傳，直到今天還在繼續……

故事啟示

有些人禁不起金錢的誘惑，變得無比貪婪而又殘忍。他們見利忘義，不擇手段，失去了人性。這些人卑鄙無恥，既可恨又可悲。

19 金絲猴的紅寶石

金絲猴在山溪邊喝水，突然發現岸邊被水沖刷過的亂石中紅光閃閃，好奇地走了過去。金絲猴撿起來一看，原來是一顆晶瑩閃亮的紅寶石，高興得手舞足蹈。

正在山溪中抓魚的狗熊見金絲猴撿到一顆紅寶石，十分眼紅，想占為己有。

狗熊一邊向金絲猴走過去，一邊大聲說：「紅寶石是我花很多錢買來的，剛才不小心掉在這裡了。你快把紅寶石還給我！」

金絲猴知道狗熊想霸占紅寶石，就問狗熊：「紅寶石如果真是你掉在這裡的，我毫無疑問會還給你。不過，你說紅寶石是你的，有什麼證據？又有誰能夠證明呢？」

狗熊支支吾吾答不上來，蠻不講理地說：「我說紅寶石是我的就是我的，今天你給也得給，不給也得給！」

狗熊見金絲猴不肯把紅寶石給他，氣勢洶洶地衝過去搶金絲猴手中的紅寶石。狗熊身體強壯，力氣很大，金絲猴哪裡是狗熊的對手？紅寶石很快就被狗熊搶走了。金絲猴跳上去想奪回紅寶石，被狗熊一拳打倒在溪邊。狗熊看著在太陽光下閃著美麗光芒的紅寶石，樂得哈哈大笑起來。

恰巧，這時溪裡的鱷魚肚子正餓得「咕嚕、咕嚕」直叫，他見到胖嘟嘟的狗熊，口水直流。鱷魚悄悄從後面接近狗熊，張開血盆大口發起了突擊。千鈞一髮之際，金絲猴迅速撿起一塊大石頭，用力向鱷魚砸去。鱷魚被石頭砸得頭昏眼花，掉頭就逃。

狗熊看到金絲猴撿石頭時，還以為是用來對付自己的，沒有想到金絲猴砸的是鱷魚，救了自己的命。狗熊感謝了金絲猴的救命之恩，認了錯，把紅寶石還給了金絲猴。

故事啟示

這個世界充滿誘惑，不要貪婪，要誠實做人。巨大的利益面前，一些人常常變得格外瘋狂，他們六親不認，不擇手段。只要做一個誠實守信的人，就會有許多知心朋友！

⑳ 老虎醉酒

老虎撿到一瓶酒，覺得味道不錯，於是把酒全部喝光了。一會兒，老虎就爛醉如泥，倒在了大樹下。在樹上玩耍的猴子觀察老虎已經很久了，認為老虎一定是中毒了。猴子小心翼翼地來到老虎身邊，用手摸摸老虎屁股，老虎一點反應也沒有。猴子想：「老虎肯定死了。」不由高興得手舞足蹈。

猴子把一隻腳踩在老虎身上，大聲呼喊：「老虎是被我打死

的，現在我是森林之王，大家都得聽我的！」

黑熊聽到猴子的喊聲，走了過去，也把一隻腳踩在老虎身上，大聲說：「老虎是被我打死的，現在我是森林之王，大家都得聽我的！」

金錢豹聽到黑熊的喊聲，走了過去，也把一隻腳踩在老虎身上，大聲說：「老虎是被我打死的，現在我是森林之王，大家都得聽我的！」

猴子、黑熊、金錢豹都說老虎是自己打死的，都要當森林之王，誰也不服誰。一陣冷風吹過，老虎一下清醒了。

老虎看了一眼猴子、黑熊和金錢豹，說：「你們在這裡吵吵嚷嚷什麼？」

猴子、黑熊、金錢豹原來以為老虎死了，見他突然醒來，一個個呆若木雞。

猴子急中生智，說：「我見大王睡著了，怕你著涼，特地在這裡給你擋風。」

黑熊和金錢豹也忙說：「對，我們用自己的身體給大王擋風。」

老虎指著猴子、黑熊、金錢豹踩在自己身上的腳，說：「你們把腳踩在我身上又是怎麼回事呢？」

黑熊急忙在老虎身上輕輕按摩了一下，說：「大王工作繁忙，十分勞累，我們給你做全身按摩，這樣舒服一點。」

猴子和金錢豹也急忙在老虎身上輕輕按摩起來，對老虎說：「對，我們是給你做全身按摩。」

老虎突然站了起來，大聲說：「剛才我好像聽到你們在爭著當森林之王，這又是怎麼回事呢？」

猴子、黑熊、金錢豹十分尷尬，你看看我，我看看你，不知如何回答。

故事啟示

有些人居心叵測，野心勃勃，為了得到權力和利益不擇手段。

這些見風使舵、兩面三刀的人既可悲又可憐，受到大家鄙視。

㉑愛虛榮的灰鵝

灰鵝生的蛋特別小，他怕夥伴們笑話，從來不肯給大家看。一天，他在小溪邊玩，發現一個和鵝蛋一模一樣的鵝卵石，就撿回了家。

鴨子到灰鵝家玩耍，發現桌子上放著一個大鵝蛋，對灰鵝說：「你真了不起，生的蛋比白鵝生的蛋大多了！」

灰鵝聽到鴨子的誇獎，十分高興，說：「我生的蛋都很大，這是其中最大的一個蛋。」

一會兒，灰鵝生了大蛋的事大家都知道了。母雞、白鵝和鴨子都來向灰鵝學習，要他傳授生大蛋的經驗。

灰鵝一本正經地說：「生普通的蛋容易，要生這麼大的蛋很不容易啊！」

灰鵝一邊得意洋洋地講，一邊在蛋上比劃著。鵝卵石滾到了桌子邊上，「篤」一聲掉了下來，剛好掉在灰鵝的腳上，疼得他大聲叫了起來。

母雞見蛋從桌子上摔下來竟然沒有摔破，對灰鵝說：「你的蛋怎麼這樣堅固，摔都摔不破？」

白鵝覺得奇怪，仔細觀察了一下鵝卵石，對灰鵝說：「這哪裡是蛋？這明明是鵝卵石啊。你為什麼要欺騙大家？」

灰鵝支支吾吾地說：「我生的蛋太小，怕大家瞧不起，所以……」

白鵝說：「生的蛋較小，大家不會瞧不起你。你弄虛作假，才會讓大家瞧不起啊！」

故事啟示

人生最大的悲哀，莫過於失去誠實。有些人為了滿足虛榮心，弄虛作假、沽名釣譽，結果害了自己。說老實話，辦老實事，這才是大智慧，才是真正的聰明人！

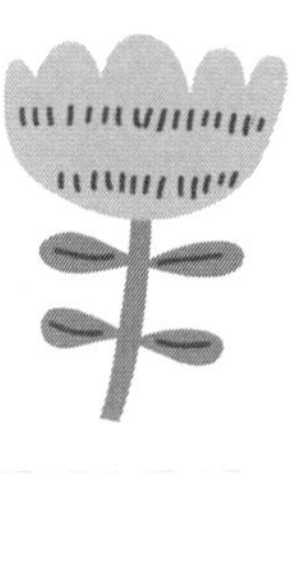

㉒ 狐狸的「百靈丹」

狐狸在黑熊的藥店打工，學到了一些中草藥知識，覺得很了不起。不久狐狸辭職後辦起了自己的藥店，生意卻冷冷清清。狐狸靈機一動，用草藥製作了「百靈丹」，說是包治百病的靈丹妙藥。經過狐狸的大力宣傳，前來購買「百靈丹」的動物絡繹不絕。

這天狐狸家中擠滿了購買「百靈丹」的顧客，狐狸忙碌了一會，突然覺得一陣劇烈腹痛，捂著肚子進了廁所。狐狸腹瀉十分嚴

重，他剛從廁所出來，又捂著肚子往廁所奔。

正在向狐狸買「百靈丹」的金絲猴關心地說：「你快吃包治百病的『百靈丹』呀！」

狐狸見一屋子買「百靈丹」的人都盯著自己，急忙拿起「百靈丹」就吞進了肚子，若無其事地說：「沒事，吃了『百靈丹』，腹瀉很快就會好的！」

金絲猴見狐狸仍然一次次地上廁所，就對狐狸說：「你的『百靈丹』連自己的腹瀉也治不好，不靈嘛！」

狐狸不服氣地說：「誰說『百靈丹』不靈？等一會藥才發生作用呢！」

狐狸腹瀉越來越嚴重，感到頭重腳輕，「噗」的一聲摔倒在地上。

金絲猴對狐狸說：「看來你的『百靈丹』真的不靈，我們還是送你去醫院治療吧！」

狐狸怕大家說他賣的「百靈丹」沒有用，下不了臺，一直硬撐著，不肯去醫院。過了一會，狐狸就昏迷不醒了。

金絲猴見狐狸已經昏迷，急忙和狗熊把狐狸抬進了醫院。

在熊貓醫生的全力搶救下，狐狸慢慢甦醒過來，自言自語地說：「我精心研製的『百靈丹』，照例應該藥到病除……」

金絲猴對狐狸說：「你自以為對草藥很精通，其實是一知半解。你製作的『百靈丹』，害人又害己啊！」

故事啟示

要誠實做人，踏實辦事。自欺欺人是自設的陷阱，最後掉進去的往往是自己。

23 「打虎英雄」

一隻老虎不小心誤食了毒物，直挺挺地躺在草叢中，死了。

猴子首先發現死老虎，他大聲對夥伴們說：「大家快來看，老虎被我打死啦，我是打虎英雄，我要把虎皮剝下來鋪在床上！」

灰狼聽到猴子喊說老虎死了，急忙飛奔過來，推開猴子，指著地上的死老虎，說：「這老虎是被我打死的，我才是打虎英雄，我要把老虎皮剝下來做件虎皮大衣！」

金錢豹聽見灰狼喊說老虎死了，急忙跳過來，推開灰狼，指著地上的死老虎，說：「這老虎是我昨天就打死在這兒的，我要把虎皮剝下來，拿出去賣錢！」

金錢豹心裡樂滋滋的，心想：「自己白撿了隻死老虎，虎皮、虎骨可賣不少錢呢！」

金錢豹正做著發財美夢，突然，一隻獅子從樹叢後走了出來，一把抓住金錢豹，厲聲說：「老虎是我最要好的朋友，是你把他打死了，我要叫你償命！」

金錢豹急忙指著一邊的灰狼，說：「老虎是灰狼打死的，剛才我親耳聽他自己說的。我只是想把老虎占為己有，所以才說是被自己打死的。」

獅子一把抓住灰狼，灰狼急忙指著猴子，說：「老虎不是我打死的，是猴子打死的，他自己親口說的。」

獅子又轉身向猴子走去，猴子急忙辯道：「我哪有本事打死老虎，剛才我只是吹吹牛，沒有想到……」

在憤怒的獅子面前，剛才自封的「打虎英雄」們都嚇得直發抖，恨不能地上突然出現一條裂縫，好鑽進去溜之大吉。

故事啟示

有些人自己沒有多少能耐，卻喜歡弄虛作假、大吹大擂。紙包不住火，事情終究會敗露。

24 聰明的松鼠

狐狸在森林裡尋找了半天也沒有找到食物，肚子餓得咕咕直叫。

狐狸見小灰兔和犀牛在樹叢旁玩捉迷藏遊戲，就走過去笑著說：「我也來參加捉迷藏遊戲吧！犀牛你閉上眼睛，轉過身去，等我和小灰兔躲藏好後你再來找我們。」

犀牛聽了馬上溫順地轉過身，閉上眼睛。

這時，狐狸一邊拉著小灰兔飛快疾走，一邊小聲說：「我知道附近有一個很隱密的小山洞，我們躲藏在裡面犀牛肯定找不到。」

樹上的松鼠早就看出了狐狸的陰謀，大聲對小灰兔說：「狡猾的狐狸見你和犀牛在一起不敢動手，想用詭計把你騙到別處去害你，千萬不能跟他去啊！」

犀牛聽了松鼠的話，恍然大悟，對小灰兔說：「對，你不能跟狐狸去！」

小灰兔聽了松鼠和犀牛的話，停了下來。

狐狸向著松鼠說：「我是誠實的狐狸，你為什麼說我狡猾？」

松鼠對狐狸說：「前幾天，我親眼見到你用花言巧語把山雞從樹上騙下去，然後把他吃掉了。你是森林中最狡猾的傢伙！」

金絲猴、黑猩猩、梅花鹿不約而同走了過去，一起指責狐狸。

狐狸惱羞成怒，指著松鼠說：「你腦袋小，鬼點子多。你才是森林裡最狡猾的傢伙！」

犀牛對狐狸說：「你說松鼠是森林裡最狡猾的傢伙，有什麼證據？」

狐狸說：「松鼠把撿到的乾果挖洞藏在泥土裡，然後用泥蓋好，放上落葉進行偽裝。他還在藏乾果的周圍挖許多洞，卻沒有藏乾果。這是松鼠故意設計的迷陣，讓別人找不到他真正藏乾果的地方。松鼠是最狡猾的傢伙！」

松鼠說：「我貯藏乾果時確實在周圍設置許多假的貯藏點，主要用來迷惑竊賊啊！如果你不想偷竊，為什麼關心起我貯藏乾果的事呢？」

狐狸半天說不出話，灰溜溜地走了。

故事啟示

做人要講誠信，但與盜賊無誠信可言。俗話說：「不怕賊偷，就怕賊惦記。」防盜之心不可無。

25 武松打豹

武松在景陽岡打死吊睛白額虎後，在陽穀縣當上了步兵都頭。

一日，知府史文奎命他去景陰谷打豹，武松帶了幾個士兵出發了。

武松和士兵走了半天，又饑又渴，他們見前面有一家酒店就走了進去。武松讓店主拿來酒菜，和士兵一起吃了起來。

武松吃了一塊牛肉，覺得味道不對，一把抓住了店主，說：

「你在菜裡放了什麼毒藥？快快招來，不然對你不客氣！」

店主見了武松的大拳頭，嚇得發抖，忙說：「武都頭息怒，我有天大的膽也不敢害你啊。不信，我自己也吃這牛肉。」

武松見店主自己也吃了牛肉，就放心地吃了起來。酒足飯飽後，武松付了銀兩，和士兵向景陰谷走去。

景陰谷草深林密，野獸出沒。武松拿著棍子走在前面，剛走了幾步，「嗖」的一聲，一隻豹子從樹叢後跳了出來。武松一棍子打下去，沒有打著豹子，棍子卻斷了。豹子發怒了，吼叫著直衝武松。武松先閃在一旁，然後一躍跨在豹子背上，左手抓住豹子的耳朵，右手向豹子的頭上打去。剛打了幾下，武松就大汗淋漓，頭暈眼花，渾身乏力。豹子趁機從胯下竄了出來，向按著肚子呻吟的武松撲了上去。幸虧士兵們一起衝上去，把豹子趕跑了。

沒過多久，武松和士兵們一個個又吐又拉，鬧得筋疲力盡。他們互相攙扶著來到剛才喝酒的酒店，打算弄清楚店主到底下的是什麼毒藥。可巧，一個醫生正在給店主看病，原來，店主也是又吐又拉。

醫生給武松他們把了脈後說：「這是因為吃了腐敗變質的牛肉之後引起的食物中毒。」

武松生氣地對店主說：「我們被你的一鍋牛肉害苦了。你若再做這種陷害顧客的事，我饒不了！」

店主連連點頭稱「是」。

故事啟示

經商要誠信守法。不法商人為了多賺錢，以次充好，陷害顧客，簡直是謀財害命。

26 仙女的嘆息

狐狸原來不聰明，也沒有壞心眼。

一天，狐狸遇見了仙女，請求仙女給他聰明才智。仙女看了一眼既可愛又可憐的狐狸，拿出一顆仙果給狐狸吃。狐狸自從吃了仙果，就表現出非凡的聰明才智，大家都誇他機靈能幹。

一天，巫婆見到狐狸，說道：「你光有聰明才智是不夠的，如果再有點兒貪婪就更了不起了。」

狐狸自言自語地說：「看來這『貪婪』一定也是好東西了。」

巫婆拿出一粒黑色藥丸，讓狐狸吞下。狐狸吞下後覺得這藥丸不錯，忙說：「你再給我一百粒、一千粒這種藥丸！」

巫婆笑著說：「這藥丸一吃就靈，你剛吃下一粒就貪婪起來了。好了，現在你既有才華又有貪婪，是世界上最了不起的動物了。」

從此，狐狸有了壞心眼。他騙烏鴉嘴裡的肉片吃，把公雞騙出去吃了，又把鴨子咬死了。狐狸越來越貪得無厭，大家都恨透了他。

仙女知道後，感嘆地說：「如果早知道狐狸要接受貪婪，當初我就不會給他聰明才智了。才智與貪婪結合，只能孕育出罪惡啊！」

故事啟示

做人要誠實、善良，懂得知足和感恩。如果禁不起誘惑，貪得無厭，必將跌入萬劫不復的深淵。

㉗ 三顆梨

梅花鹿和猴子是近鄰，兩家的院子僅隔一道不高的圍牆。梅花鹿和猴子都在自家院子裡種了梨樹，幾年以後梨樹都長大，終於開花生梨了。說來也巧，他們種的梨樹都是歪脖子樹。梅花鹿的梨樹越過圍牆，伸到猴子的院子那邊；猴子的梨樹也越過圍牆，伸到梅花鹿的院子裡。

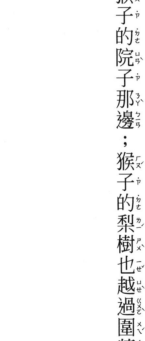

猴子生怕自己樹上的梨被梅花鹿偷偷摘去，每天早晚都要數一次。這天他外出回來，又把自己樹上的梨數了一遍，發現少了三顆梨。猴子想：「哼！一定是梅花鹿偷摘去吃掉了。」猴子十分生氣，準備去質問梅花鹿，問他：「為什麼要偷摘鄰居的梨？」

小猴又想：「梨已經被梅花鹿偷摘，很可能早已吃掉了，質問他也沒有用。不如自己也在他的梨樹上摘下三顆梨，彌補損失。」小猴伸手就在梅花鹿的梨樹上摘了三顆大梨，大口大口地吃了起來，一會就把三顆梨吃掉了。

傍晚，梅花鹿來到猴子家，把三顆梨放在桌子上，對小猴說：

「你樹上的梨已經成熟了，中午一陣大風颳過，三顆熟透的大梨掉在我家院子裡。我給你把它們原封不動送回來了。」

小猴聽了梅花鹿的話，才知道原來不是他偷摘了自己的梨，而是被風吹落在他家院子裡的。小猴十分尷尬，不知道說什麼才好。

故事啟示

把別人想得太壞，往往自己內心缺少陽光。只要你能真誠地對待別人，別人同樣也會真心相待。

㉘ 大象找孩子

雷聲陣陣，天空烏雲密布，眼看就要下大雨了。大象的孩子走失了，著急地在森林裡尋找。毛驢的孩子也走失了，也在森林裡著急地尋找。

大象和毛驢在大樹下相遇了，大象對毛驢說：「我在尋找自己孩子時，同時尋找你的孩子；請你在尋找自己孩子的時候，也關心一下我的孩子，好嗎？」

毛驢說：「好啊！那我們分頭去找吧！」

大象一直向東尋找，毛驢一直向西尋找。

毛驢走了一會兒，看見小象在前面，就走過去說：「天就要下大雨了，趕快回家去。你媽媽在找你呢！」

小象無可奈何地對毛驢說：「我迷路了，分不清東南西北，不知道家在哪裡，請你帶我回去吧？」

毛驢用手向身後一指，說：「你就一直向那邊走，很快就到家了，我還要繼續尋找走失的小毛驢呢！」

毛驢說完，急匆匆地走了。毛驢在森林裡找了很久也沒有找到孩子，天下起了大雨，他只好垂頭喪氣地回家。毛驢驚喜地發現，孩子原來已經在家裡了。

小毛驢看著淋得像落湯雞一樣的媽媽，說：「我獨自在森林裡玩，迷了路，分不清東南西北。我見天就要下雨了，急得團團轉，幸虧大象伯伯找到我，把我送回了家。要不然，我一定會被大雨淋溼了！」

毛驢見小毛驢已經回家，鬆了一口氣。

這時，大象冒雨趕過來，著急地對毛驢說：「我把你孩子送回來後又去尋找我的孩子，到現在還沒有找到，急死我了。會不會發生意外，掉到山崖下摔傷了？」

毛驢脫口而出，說：「不，他好好的，只是迷路了。」

大象驚喜地說：「怎麼，你看到我的孩子了，他在哪裡？」

小毛驢說：「媽媽你既然看見了小象，為什麼不把他送回家去呢？」

毛驢慚愧地低下了頭。

故事啟示

幫助別人不能裝裝樣子，不能半途而廢，應該全心全意。只有信守諾言，才能得到別人的信任和尊重。

㉙「眼見為實」

一個駝子在街上擺地攤，推銷他的靈丹妙藥，說他的藥是祖傳祕方，治療腿腳疾病有神奇效果。

一個拐腿人在離駝子不遠的街上擺地攤，推銷他的靈丹妙藥，說他的藥是祖傳祕方，治療腰背疾病藥到病除。

鎮上的一個青年見這兩個外地來的江湖醫生說得神乎其神，就把他們叫到一起，問道：「你們兩位相互認識嗎？」

青年人見兩人都搖著頭，表示不認識，就對他們說：「既然你們的祖傳祕方都有特效，可以相互治療，讓駝背不再駝背，讓拐腿不再拐腿。如果你們把對方的病治好了，說明你們的藥真的是靈丹妙藥。如果治不好，說明你們是騙人錢財的江湖騙子！」

駝子和拐腿聽了青年人的話，相互交換了藥，並且約定三天後在老地方相見。青年人原來不相信這些江湖騙子的所謂靈丹妙藥，把他們叫到一起的目的是想讓他們露出騙子原形，沒有想到他們居然同意用自己的藥為對方治病。

讓青年人更加沒有想到的是，三天後駝子和拐腿真的都來了。駝子的背已經不再駝了，挺得筆直；拐腿一點也不拐了，健步如飛。青年人把自己親眼所見告訴了周圍的人。大家都知道這個青年是本鎮一位誠實的人，從來不說謊話。於是，兩個江湖醫生的靈丹妙藥被搶購一空。

奇怪的是，有腰背疾病和腿腳疾病的人吃了他們的靈丹妙藥後，卻一點治療效果也沒有。後來，有人見到駝子和拐腿又在另外一個鎮上賣藥。原來他們本來就不是駝子和拐腿，為了讓別人上當受騙買藥，他們故意裝作互相不認識，精心設下騙局，一步一步引人上鉤。

故事啟示

人們上當受騙，有時候往往就是落入了「眼見為實」的圈套。不要因為別人相信或否定了什麼東西，你也就去相信它或否定它。

30 濟公和賭徒

賭徒把最後的一點錢也輸光了，身上的棉衣也被別人拿去抵債了。賭徒只穿一件單衣，在寒風中發抖。

賭徒看見濟公走過，就對濟公說：「濟公活佛，你看我多麼可憐，請給我一些銀子吧？」

濟公知道他是賭徒，就嘆氣說：「你確實很可憐，誰讓你去賭博的呢？給了你銀子，是不是還要去賭博？」

賭徒忙說：「我發誓，再也不賭了。」

濟公口中念念有詞，扇子一揮，變出了一些白花花的銀子，對賭徒說：「這些銀子你拿去買些衣服和食物，好好工作謀生，千萬不能再去賭博了啊！」

濟公剛剛離開，賭徒又走進了賭場。賭徒希望把剛才輸掉的錢再贏回來，並且贏更多的錢。

時間過得飛快，轉眼三年過去了。一天，濟公又在這裡經過，看到賭徒穿一身很好的衣服，一邊走路還一邊啃著雞腿。

賭徒得意洋洋地對濟公說：「近來運氣不錯，賭博時贏了很多錢。」

濟公十分生氣，對賭徒說：「你當初發誓不再去賭博，我才給你銀子的。你說話不算數，怎麼又去賭博了呢？」

賭徒說：「我當初發誓說不再去賭博，只是為了想得到你的銀子。今非昔比，我贏了許多錢！」

濟公對賭徒說：「賭場上哪有常勝將軍？用不了多久，你又會輸得精光的。就算你現在贏了很多錢，但是實際上還是輸了啊！」

賭徒說：「我沒有輸掉什麼呀！」

濟公揮著扇子，說：「看看你的鄰居，三年中，有的學了一門很好的手藝，有的已經做了一番事業。而你，除了賭博，還做了哪些有意義的事情呢？」

故事啟示

賭徒沉迷賭博，爾虞我詐，不能自拔。他們輸掉了金錢，還輸掉了光陰，輸掉了志氣。人生的真正價值，在於創造一個有價值的人生。

兒童寓言01　PG1214

小學生寓言故事
——誠實守信

作者／錢欣葆
責任編輯／林千惠
圖文排版／賴英珍、周好靜
封面設計／王嵩賀
出版策劃／秀威少年
製作發行／秀威資訊科技股份有限公司
114 台北市內湖區瑞光路76巷65號1樓
電話：+886-2-2796-3638
傳真：+886-2-2796-1377
服務信箱：service@showwe.com.tw
http://www.showwe.com.tw

郵政劃撥／19563868
戶名：秀威資訊科技股份有限公司
展售門市／國家書店【松江門市】
104 台北市中山區松江路209號1樓
電話：+886-2-2518-0207
傳真：+886-2-2518-0778

網路訂購／秀威網路書店：http://www.bodbooks.com.tw
國家網路書店：http://www.govbooks.com.tw
法律顧問／毛國樑　律師

總經銷／聯寶國際文化事業有限公司
221新北市汐止區康寧街169巷27號8樓
電話：+886-2-2695-4083
傳真：+886-2-2695-4087

出版日期／2015年2月　BOD一版　**定價**／200元
ISBN／978-986-5731-15-1

秀威少年
SHOWWE YOUNG

國家圖書館出版品預行編目

小學生寓言故事：誠實守信 / 錢欣葆著. -- 一版. -- 臺北
市 : 秀威少年, 2015.02
面； 公分
ISBN 978-986-5731-15-1 (平裝)

859.6 103023810

讀者回函卡

感謝您購買本書，為提升服務品質，請填妥以下資料，將讀者回函卡直接寄回或傳真本公司，收到您的寶貴意見後，我們會收藏記錄及檢討，謝謝！
如您需要了解本公司最新出版書目、購書優惠或企劃活動，歡迎您上網查詢或下載相關資料：http:// www.showwe.com.tw

您購買的書名：____________________

出生日期：________年________月________日

學歷：□高中（含）以下　□大專　□研究所（含）以上

職業：□製造業　□金融業　□資訊業　□軍警　□傳播業　□自由業
□服務業　□公務員　□教職　□學生　□家管　□其它______

購書地點：□網路書店　□實體書店　□書展　□郵購　□贈閱　□其他

您從何得知本書的消息？

□網路書店　□實體書店　□網路搜尋　□電子報　□書訊　□雜誌
□傳播媒體　□親友推薦　□網站推薦　□部落格　□其他__________

您對本書的評價：（請填代號　1.非常滿意　2.滿意　3.尚可　4.再改進）

封面設計____　版面編排____　內容____　文／譯筆____　價格____

讀完書後您覺得：

□很有收穫　□有收穫　□收穫不多　□沒收穫

對我們的建議：____________________

____

____

____

請貼
郵票

11466
台北市內湖區瑞光路 76 巷 65 號 1 樓
秀威資訊科技股份有限公司 收
BOD 數位出版事業部

（請沿線對折寄回，謝謝！）

姓　　名：____________ 年齡：______ 性別：□女　□男

郵遞區號：□□□□□

地　　址：________________________

聯絡電話：(日) ____________ (夜) ____________

E-mail：________________________